Fernanda Castro

LÁGRIMAS DE CARNE

exemplar nº 272

ARTE E LETRA

Curitiba
2025

projeto gráfico **FREDE TIZZOT**

ilustração da capa **LETÍCIA VIEIRA**

preparação **SOL COELHO**

encadernação **LAB. GRÁFICO ARTE & LETRA**

coordenação e edição **THIAGO TIZZOT**
e **FELIPE CASTILHO**

Publicado originalmente pela editora Dame Blanche

C 355
Castro, Fernanda
Lágrimas de carne / Fernanda Castro. – Curitiba : Arte & Letra, 2025.

84 p.

ISBN 978-85-7162-024-7

1. Ficção brasileira I. Título

CDD 869.93

Índice para catálogo sistemático:
1. Ficção: Literatura brasileira 869.93
Catalogação na Fonte
Bibliotecária responsável: Ana Lúcia Merege - CRB-7 4667

ARTE E LETRA

Curitiba - PR - Brasil | Fone: (41) 3223-5302
www.arteeletra.com.br - contato@arteeletra.com.br
@arteeletra

Para minha irmã Gabriela, que me contou todas as melhores histórias antes de dormir, incluindo uma excelente fanfic dos Super Patos.

SUMÁRIO

LÁGRIMAS DE CARNE

Desde que as primeiras pepitas foram encontradas, meio por acaso nas encostas do morro, os habitantes de Serrita têm apenas um interesse: ouro. Com ele, a promessa de riqueza e de uma vida melhor. O que "uma vida melhor" significa varia muito entre os garimpeiros, mas talvez eles desejem apenas uma vida sob rédeas, uma vida livre da dor e das surpresas desagradáveis do destino. Infelizmente, para eles, a vida insiste em seguir seu próprio ritmo. E assim também o faz a morte.

***

Ninguém nota quando Suindara pousa nos galhos do ipê, fazendo com que um punhado das flores brancas como fantasmas caia flutuando até o chão. Sejamos justos, as pessoas não notariam mesmo que ela aterrissasse diante delas, metade coruja e metade mulher, suas asas douradas esticando-se nas articulações sem produzir o menor ruído. O rosto dos moradores reunidos na praça está voltado para o funeral, ainda que suas mentes permaneçam em outro lugar. Em morros de pedrinhas cintilantes, provavelmente.

Suindara se inclina sobre os galhos, tentando espiar através das janelas empoeiradas da velha capela. Pelo vidro sujo, consegue ver os humanos reunidos, as velas e as imagens dos santos no altar. Reconhece o grupo de garimpeiros, todos de pé e encostados contra a parede. Homens que até ontem ordenhavam cabras e erguiam cercas, agora usando botas e coletes, seus dedos esfolados pelo contato com o mercúrio que usam para lavar a terra. Vê também o padre em sua batina preta, e mulheres de feições tristes logo atrás. Finalmente, Suindara identifica também o caixão com o homem morto descansando lá dentro. Ao lado do cadáver, parcialmente coberta pelo véu de renda com roseiras bordadas, está Mãe.

Para a quase mulher que é também quase coruja, o trabalho de Mãe é uma forma de arte. Mãe sempre sabe escolher as palavras certas para os momentos certos; conforta viúvas e órfãos, e sua voz soa gentil todas as vezes quando ela canta suas orações. Suindara fica sempre tão enfeitiçada ao vê-la, tentando absorver cada porção daquele trabalho divino, que acaba deixando passar os olhares de lado, as críticas sussurradas, as crianças que são afastadas pelo ombro para que fiquem um passinho mais distantes da mulher de preto. Mãe costuma dizer que ser uma carpideira é percorrer uma trilha de dualidade. Fala que as pessoas só querem uma carpideira por perto quando alguém morre, quando precisam que ela segure suas mãos e garanta que tudo ficará bem e voltará a parecer normal um dia. Pelo resto do tempo, ninguém deseja uma velha encarquilhada ao lado para fazer lembrar sobre a sina inevitável de todo ser vivente.

Bem, em defesa de Suindara — embora ela seja realmente incapaz de compreender uma coisa ou outra por agora —, a quase coruja é capaz de ver algo que mais ninguém na capela conseguiria perceber: Mãe puxando de dentro das roupas sua navalha de cabo decorado e cortando uma fatia do dedo mínimo do homem falecido. Só um pouquinho, só um pedacinho de carne morta. Ela segura a mão do cadáver como se estivesse rezando, olhos fechados e coluna recurvada para esconder o pequeno delito. Depois, a carpideira enrola a mão do morto nos panos de linho que forram o caixão. Corpos rijos e azuis não costumam sangrar grandes coisas, o que é bom. Mãe esconde o tesouro furtado nas dobras do vestido. Elas precisarão daquele dedo mais tarde, e está quase na hora. Alguém ordena que o caixão seja fechado.

O cortejo começa a deixar a capela. As pessoas da praça interrompem as conversas e se alinham, mudas, tomando lugar na procissão. O padre e a viúva do garimpeiro vão na frente, seguidos pelos outros familiares que carregam o caixão de madeira crua. Suindara se ajeita, tenta confundir sua silhueta branca e dourada contra as flores da árvore que ocupa. Mãe fica alguns passos para trás. Ela para, beija a medalha de São Francisco que carrega no pescoço e depois olha para cima. Dirige à filha um semblante de pura reprovação. Os galhos do ipê balançam conforme as poderosas garras de coruja os abandonam. Sem olhar para trás, Suindara voa para casa.

***

— Eu juro, eram olhos amarelos vigiando minha janela — comenta a moça na beira do açude, alisando a superfície da água com os pés. — Acordei e vi.

As outras duas trocam olhares apreensivos.

— E o teu telhado? — uma delas pergunta.

— Estalando igual na época do cio dos gatos. Estou dizendo, Rasga-Mortalha veio me visitar noite passada. — A moça faz o sinal da cruz.

A mais nova esfrega os ombros para espantar os calafrios.

— Ah, Maria, ah, Maria, mas isso não é sinal de que alguém da casa vai morrer?

— Não, é de que a mulher alada vai comer cada um dos teus sonhos — responde a terceira, que sempre foi a mais corajosa. Ela atira um fiapo de capim na água para ver os girinos beliscando. — Dizem que Rasga-Mortalha é mancomunada com a velha carpideira. — Ela ergue um ombro de desdém. — Nunca gostei daquela sujeita. Morar sozinha com seus fantasmas lá do outro lado da serra onde não tem mais ninguém? Não é coisa de Deus.

— A carpideira ajudou quando voinha morreu — Maria a repreende. — Sei lá. Na época, ela cuidou da minha mãe e das minhas tias...

Não acontece réplica. As três moças ficam mudas, os pés na água, os pensamentos a mil.

***

A casa está silenciosa como sempre, com um vento morno soprando por entre as telhas e caibros. Até as galinhas ciscando do lado de fora continuam quietas, dormentes graças ao calor do verão. Suindara abre a porta, e seus olhos cansados encontram alívio imediato na penumbra abrigada entre quatro paredes.

— Pensei que Mãe a tinha escolhido por ser uma ave da noite. Ainda assim, é você quem eu vejo voando debaixo do sol — uma voz árida fala na escuridão.

Suindara suspira. Fecha a porta da casa e avança pelo cômodo principal que é tanto sala quanto cozinha. Pega um jarro de uma prateleira e o usa para encher uma bacia sobre a mesa. Armazenada no barro, a água está tão fresca quanto no dia em que foi colhida, e Suindara a usa para lavar o rosto e o pescoço antes de responder ao irmão:

— Mãe não nos escolheu. Ela encontrou tanto eu quanto você, e então nos adotou.

Um estalar de língua na escuridão.

— Aves gêmeas do dia e da noite? Exatamente do que ela precisava? Foi uma providência e tanto...

— Foi um ato de fé — Suindara justifica, aproximando-se da silhueta recurvada no canto da parede. — Não vou mais discutir sobre isso com você.

Carcará está sentado no chão de cimento, braços descansando por cima dos joelhos dobrados. Suindara fica de cócoras para olhá-lo de frente. O que ela vê quase lhe parte o coração.

Ele é o completo oposto dela. Sempre foi. Alto, esguio, escuro onde ela era dourada, firme onde ela era macia. As asas dele pendem para os lados. As penas, sempre tão brilhantes, agora estão opacas como pedaços velhos de carvão. As garras já meio gastas de tanto arranhar as paredes pressionam os anéis da corrente que o mantém atado à viga principal da casa. Carcará parece uma coisa quebrada. Apenas seus olhos continuam os mesmos, afiados feito lâminas, desafiando, íris pretas emolduradas por pálpebras azuis e amarelas.

Mas Suindara sabe que é apenas questão de tempo até que as correntes levem embora os olhos dele também.

— Irmão, por favor... — ela implora, tocando com suavidade os ombros dele porque ela não consegue mais tolerar vê-lo daquela maneira. — Logo Mãe vai estar em casa. Se você ajudasse, se você não fosse assim tão difícil... Eu saberia fazer com que ela te soltasse.

O quase homem que é quase falcão inclina a cabeça para trás e ri, empurrando as mãos da irmã para longe.

— Você é a filha perfeita, não é? Tão devota... Uma escrava por escolha própria.

— O que nós fazemos aqui é um dever de honra, Carcará. — Ela está tentando não soar chateada. Sabe que o irmão carrega o fardo mais pesado entre os três habitantes da casa. Suindara repete as velhas palavras, talvez para ele, para que quem sabe dessa vez Carcará escute, talvez para si mesma: — Humanos não devem ser prejudicados por nossos anseios. Devemos guiá-los de forma apropriada entre o véu dos mundos de Nosso Senhor, livres da dor e dos pecados. É para isso que fomos feitos. Eles precisam de nós, e você acima de qualquer um devia saber disso.

— Mesmo? E o que você sabe sobre humanos, irmãzinha? — ele provoca e acha graça, fazendo tilintar a corrente no calcanhar. — Quantos deles você conheceu? Porque eu conheci um monte. Profundamente. E não estou falando sobre suas aventuras em cima de telhados. Por sinal, sabe como eles te chamam aqui em Serrita agora? Rasga-Mortalha, a portadora da morte.

Suindara fecha os olhos para não gritar com ele. Não pode perder a calma ou a razão. O destempero é um traço de Carcará, não dela.

— Eu sei que a dor deles… — ela começa, suave, mas Carcará a segura pelos pulsos, as garras machucando sua pele.

— Nunca tente me ensinar sobre dor. É algo que você e Mãe jamais vão entender.

Os gêmeos encaram um ao outro — diferentes e semelhantes na mesma medida. Suindara hesita, incerta sobre o que responder, mas o som de passos familiares interrompe a discussão. Carcará se afasta dela com rapidez, indo se enfurnar no canto mais distante e escuro da cozinha, deixando a corrente em seu pé estendida ao limite.

Agora é Mãe a abrir a porta. As roupas dela estão cobertas de poeira seca. Ela veio caminhando do funeral até a construção no meio de lugar nenhum porque ninguém naquela maldita cidade inteira se ofereceu para levá-la em casa. Atrás dela, pelo retângulo de luz da porta entreaberta, o sol castiga a caatinga selvagem. Os pés da carpideira estão cansados, suas costas doem, e a última coisa da qual ela precisa é lidar com um filho rebelde. Mas a carpideira carece da magia de Carcará.

Suindara se aproxima da mulher, ajudando Mãe a retirar o véu e as sandálias.

— Não gostei de te ver na frente da capela hoje — fala Mãe, renovando a água da bacia para lavar o rosto. — Você não devia ser vista pelas pessoas. Como é que vai virar a próxima carpideira se algo de ruim te acontecer?

— Mas como posso aprender o ofício se eu não observo? — Suindara tenta um tom humilde.

Mãe sorri. Ela roça as costas da mão na bochecha da filha.

— Me escute. O mundo é um lugar enorme. Um lugar bravo. Existe muita coisa que você não entende ainda. Até que esteja completamente pronta para enfrentar o mundo, você precisa confiar em mim. E obedecer. Tudo o que faço é pensando no melhor para você e seu irmão.

Suindara assente e encara o chão, os lábios comprimidos em uma linha. Mãe a deixa de lado e caminha pela casa, a atenção voltada agora para Carcará. O tom que usa ao se dirigir ao filho muda da água para o vinho:

— Trouxe uma coisa para você — diz ela, áspera, depositando um lenço com o pedaço do mindinho do homem morto no chão de cimento em frente ao falcão. — Seria maravilhoso se você pudesse não dar trabalho dessa vez.

Carcará fica de pé e estende as asas, um borrão de penas pretas como a noite que parece abarcar a casa inteira. As pontas das asas dele roçam nas prateleiras e nas paredes, fazem tilintar os utensílios. Suindara se encolhe e resiste ao impulso de desvelar também as próprias asas, mas Mãe não chega nem mesmo a piscar.

— Não me teste, garoto. Eu criei você. Conheço seu coração. Você pode me odiar o quanto quiser, mas o dono desse dedinho? — Ela entorta a boca em um gesto indiferente. — Você não o odeia. Ele era um bom homem. Tinha família, mulher e filhos, um trabalho e muitos sonhos. Uma vida. Então me faça o favor e engula logo essa carne.

***

Jorge se ajeita mais uma vez no colchão e sente de imediato o couro das costas brotar de suor. Vira de lado para conferir se a janela está aberta. Está, e deixa entrar no quarto o som cadenciado das rãs lá fora, mas não bate um vento que seja para refrescar sua miséria. A esposa, acordada pelo movimento na cama, passa a mão em seus cabelos, sonolenta.

— Aquieta, homem. Fica com calor porque não para um minuto.

Jorge sorri na escuridão e encaixa o nariz na curva do pescoço da companheira. Sente o próprio coração acelerado, uma angústia crescente que lhe esmaga o peito. Quer contar, mas não pode. Nenhuma posição é boa, o silêncio e o escuro são de lascar e ele começa a acreditar que não tem ar suficiente dentro daquele quarto. Esquisito. Era para ele estar feliz. Temeroso, talvez, mas feliz. Havia dado certo. E, se ele fosse cuidadoso, continuaria dando certo. Mas a sensação persiste. A falecida sogra chamaria aquilo de pressentimento. O peito aperta.

— Vou ver se Maria está dormindo direitinha — ele mente, procurando qualquer desculpa para se levantar e andar um pouco. — Está calor demais hoje.

Jorge vai até o quarto onde Maria dorme na rede. Observa a filha em silêncio. Ela já não é tão pequena como ele lembrava. Os pés da moça já quase alcançam os nós que prendem o tecido da rede à parede.

O homem segue para a cozinha e pega um copo d'água. Vai ser difícil continuar sentindo esse rebuliço todo até que tudo fique acertado. Mas ele vai aguentar mesmo assim. É por Maria, ele pensa, é por Maria.

***

Suindara está escondida em uma das vigas pelo lado de dentro do telhado. O dia já raiou, e por isso ela pressiona a ponte do nariz entre os dedos, afastando o cansaço e o desconforto com toda aquela luz. Não sabe dizer quanto tempo passou lá fora, voando até que Serrita virasse um pontinho distante e ela atravessasse o véu que separava o mundo dos vivos, cantando palavras de salvação. Guiando aquela alma brilhante e macia, purgada de todos os pecados, que Carcará havia regurgitado para ela.

Lá de cima, Suindara toma conta da figura de plumas negras que dorme no chão cimentado abraçando os joelhos como uma criança. Ele está dormindo pela primeira vez desde o funeral, enrolado em suas correntes.

Mãe está no terraço, recebendo algum cliente. Os ouvidos apurados de coruja captam o som de botinas sobre as tábuas de madeira. Fora as questões de morte, os cidadãos de Serrita procuram sua carpideira de tempos em tempos, quando a situação se torna pesada demais para pessoas comuns e quando o conforto não pode mais ser encontrado entre as preces e as bolinhas de um terço. Quando isso acontece, eles selam suas montarias, contam suas moedas e procuram pela casinha solitária bem na descida da serra, buscando a ajuda da mulher proscrita que nunca julga, mas que sempre auxilia por um preço modesto. Há mais deles vindo nos últimos dias. É a febre do ouro. Embora as pepitas continuem aparecendo aqui e ali, a localização da jazida ainda é apenas um sonho, uma corrida contra o tempo. Talvez eles não possam confiar em mais ninguém, talvez precisem sentir que Deus está ao lado deles. Mãe sempre os ajuda, fabricando amuletos e feitiços que atraem a sorte e facilitam o garimpo.

De qualquer forma, Suindara não deve fazer nenhum ruído, nem deixar que Carcará produza qualquer som. Humanos não gostam de pessoas aladas. Ao menos não enquanto estão vivos, já que as almas mortas costumam recebê-la com carinho quando ela as toma nos braços e voa para longe. Ainda assim, suas ações precisam ser realizadas sempre nas sombras, sem deixar rastros ou testemunhas. Uma coruja espreitando a escuridão.

Carcará solta um resmungo em sua inconsciência, e Suindara usa as garras para escorregar pela viga principal e alcançar o irmão deitado no piso. O sono dele é inquieto. Ele abraça o próprio corpo, que treme arrepiado. Suindara passa os dedos pelo cabelo escuro do falcão e espera a respiração dele voltar a ficar suave. O garimpeiro deitado naquele último caixão estava com muito, muito medo, Carcará havia explicado. O homem temia por sua família, pelos débitos que havia feito comprando materiais de mineração e por quem poderia vir cobrá-los mais tarde. Temia por sua saúde, pelas boas graças dos coronéis e, acima de tudo, temia a morte. Mas essa última é algo que todo ser humano teme em algum momento.

Suindara acha admirável como o coração humano é capaz de suportar tantos medos de uma só vez. Carcará havia sofrido para digerir aquele último. As emoções do garimpeiro transbordaram pelos olhos de seu irmão e grudaram em suas penas de ave carniceira. Carcará tinha gritado por horas até que ela e Mãe precisassem amordaçá-lo e conter suas asas para que ele não se machucasse. Era tanto medo naquela alma que o estômago de Suindara revirava só de lembrar. E, mesmo assim, ela tinha feito questão de estar lá o tempo todo, assistindo, cumprindo penitência por ter sido também ela a obrigar Carcará a engolir o pedaço de carne.

A quase coruja observa enquanto o suor corre pela testa de Carcará, a mandíbula pronunciada dele apertada em contração. Quando todas as coisas ruins haviam sido expurgadas do homem morto, ela o havia ajudado a regurgitar a alma limpa. A alma pura que ela, a ave da noite, carregaria até o Paraíso para o julgamento dos dignos. E era esse o preço do ofício. O preço que todos eles pagavam a fim de manter o equilíbrio do mundo.

Ela abraça o irmão com cuidado, e usa um retalho de pano úmido para limpar sua testa. Carcará reage ao toque e abre os olhos. Encara a irmã por um instante infinito antes de mergulhar novamente na inconsciência. Suindara experimenta a familiar sensação de ter feito algo vil e condenável. Era esse o efeito dos olhos pretos de Carcará. Eles enxergavam através de você, reviravam suas entranhas.

Os passos no terraço vão embora, sendo substituídos pelo galope de um cavalo que se afasta na terra seca. Mãe abre a porta apenas meio minuto depois. Suindara nota a expressão afogueada da carpideira, mas considera se tratar de um efeito do calor.

— Vou precisar sair — informa Mãe, puxando com pressa o véu bordado do prego que o segura na parede. — Mantenha a casa trancada. E não me siga.

— Alguém morreu? — pergunta Suindara, o retalho de pano escondido atrás das costas para que Mãe não possa acusá-la de estar sendo mole demais com o falcão.

— Não, filha. Não ainda. — Mãe enrola o véu ao redor da cabeça.

— Alguém está doente?

A carpideira vira de costas. Vai até a cozinha e começa a mexer nas gavetas desorganizadas ao lado do fogão.

— Não é da sua conta — ela responde, a concentração obviamente em outro lugar. Então ela ergue a cabeça e mira o filho que dorme deitado no cimento. Seus olhos recuperam um pouco do foco. — Garanta que Carcará esteja acordado e forte quando eu voltar.

— Mas...

— E não me siga, está bem? — a carpideira acrescenta, erguendo um dedo indicador. — Falo sério. Isso é importante. Você promete para mim?

Suindara cede, desconcertada pela urgência que encontra na voz de Mãe. Além disso, obedecer é do seu feitio. A carpideira chega perto e dá um beijo rápido na testa da filha.

— Queria que seu irmão pudesse ser como você.

***

Assim diz o versinho que vovó ensina ao neto na mais tenra idade: "aqui não tem tesoura nem pano, não tem ninguém morando aqui".

E então corre-se a esconder as tesouras da casa. Avia, Dona Cira, antes que chegue no telhado a Rasga-Mortalha!

***

Suindara está preparando uma das galinhas que matou. A canja, depois de ser engrossada com sangue e medula e misturada ao arroz, ajudará a colocar Carcará de pé. Ela maneja as facas com precisão e em completo silêncio. Está acostumada a ficar sozinha enquanto Mãe vai e volta da cidade. O som dos próprios pensamentos é uma constante em sua vida.

Às vezes, ela teme que a solidão em excesso possa levar embora seu juízo, mas prefere acreditar que Mãe sabe mesmo o que é melhor para seus filhos. Afinal de contas, a carpideira é uma mulher santa, que os transformou e deu a eles um propósito. Sem Mãe, Suindara seria apenas um pássaro, uma forma de existência tão simples e alienada quanto a da galinha cujo pescoço ela torceu. O fluxo de pensamento deixa a coruja mal-humorada de repente, mas ela não entende direito o porquê.

Suindara ergue Carcará pelo torso e o arrasta com dificuldade até uma cadeira. A corrente protesta. Ela se senta de frente para ele em um tamborete e descansa a tigela com o caldo de galinha sobre o colo. O quase falcão murmura algo em um delírio de febre. A irmã força uma colher de comida em sua boca. Ele se engasga e tosse no começo, mas depois o processo começa a ficar mais fácil.

— Quando que você vai parar de me torturar com essa coisa horrível? — Carcará reclama, a voz fraca e apenas um dos olhos aberto. — Por que não posso comer carne seca, ou cuscuz?

— Estou só tentando fazer você se sentir mais forte.

— Então enfie uma colher desse troço na sua boca e veja se por acaso você se sente melhor.

— É a receita de Mãe.

— Mãe é uma bruxa, não uma cozinheira. — Há uma sugestão de sorriso no rosto do falcão.

Suindara relaxa empoleirada no tamborete, respirando fundo, a tigela ainda nas mãos. É um alívio reconhecer uma fração do humor natural dele emergindo de toda aquela dor. Quando eram filhotes e costumavam escalar para dormir lado a lado no telhado, Carcará sempre a fazia rir. A pequena piada significa que ele está purgando os efeitos do garimpeiro. Suindara gostaria que as pessoas morressem com menos frequência. Seria mais fácil para seu irmão lidar com os sintomas.

— Me conte sobre as coisas lá fora — ele pede, limpando a canja das laterais da boca com a ponta da língua.

— Estamos quase no meio do verão, a caatinga já está virando uma floresta branca de novo. Dois teiús vieram morar no nosso quintal. E acho que os campos de milho não vão ser semeados esse ano. Todo mundo está ocupado com o garimpo.

— E eles encontraram a jazida?

— Não. Pelo menos até onde eu sei, não. — Suindara dá de ombros. — Não em quantidades suficientes.

Carcará balança a cabeça devagar, concordando em silêncio. Os olhos dele se tornam distantes.

— Eles pensavam bastante sobre ouro, os últimos que digeri — ele comenta. — Cada vez mais. Mas arranquei isso deles antes de entregar as almas, então não teria como você saber...

Suindara encara o irmão com cuidado. É extremamente raro que Carcará compartilhe com ela detalhes sobre o expurgo. Geralmente, é Mãe quem o força a falar, ambos trancados no quartinho dos fundos onde a carpideira guarda a Bíblia. Os segredos dos mortos são um tipo diferente de moeda, e Mãe consegue um bom dinheiro vendendo-os aos ouvidos certos. Suindara se ajeita no banquinho, temerosa de que qualquer movimento em falso faça com que ele pare de falar.

— O ouro torna os homens gananciosos — ela tenta. Carcará deixa escapar um riso cansado pelo nariz.

— Não acho que seja ganância. É esperança. Você precisaria estar na cabeça deles para ver o que eu vejo, para sentir o que eu... Não consigo explicar.

Suindara cobre a mão dele com a sua.

— É para isso que existimos, Carcará. Para que alguém como você os entenda e os liberte da angústia e...

O irmão se afasta na cadeira. Suindara comprime os lábios. Movimento errado.

— Isso não pode ser suficiente. — Ele a imita ao pressionar a mandíbula. — Seres humanos não precisam de conforto, nem de alguém chorando por eles. Eles precisam de justiça. Precisam ter poder para mudar as coisas ainda em vida.

Ela não sabe como responder. Mãe com certeza saberia, mas Suindara sempre se sente perdida quando Carcará começa com seus discursos.

O irmão se inclina de volta na cadeira.

— Um dia eu vou fugir daqui. De você e das manipulações de Mãe e de toda essa merda. É uma promessa.

— Ótimo. Então você pode começar comendo sozinho — ela responde, levantando em um movimento brusco e colocando a tigela de canja nas mãos dele. — Ando cansada de ouvir e de fazer promessas, Carcará.

Suindara abre a porta da frente e sai para o terraço, o sangue pulsando em seus ouvidos. O sol está começando a se pôr. Ela observa o horizonte, a linha de pedras e elevações que separam a casa do aglomerado da cidade. Suindara sabe que existem outras cidades para além de Serrita, e estradas e até mesmo o oceano, mas ela nunca foi capaz de ir tão longe. Pela segunda vez naquele dia, algo ressoa dentro dela, e Suindara não sabe explicar o que é. Sente-se pequena, apertada.

Ela permanece ali, debruçada contra o batente do terraço, cabelos dourados ao vento até que a noite cai e as rãs começam a cantar. As estrelas já aparecem no céu, mas a coruja continua imóvel e silenciosa.

Então um movimento nos arbustos distantes chama sua atenção. Há uma silhueta recurvada se aproximando da casa, coberta por panos. É Mãe. Suindara franze a testa. A carpideira está mancando.

A filha corre para encontrar Mãe. Segura a mulher pelos ombros. Está escuro demais para que olhos humanos consigam identificar qualquer detalhe, mas isso não é problema para as pupilas enormes de uma coruja. O vestido de Mãe está rasgado na bainha, e ela tem manchas escuras nas mangas. A carpideira parece extremamente perturbada.

— Mãe? O quê…?

Mãe coloca algo na palma da mão dela.

— Leve isso até seu irmão. Depressa.

Suindara baixa os olhos e encara o objeto. É uma orelha decepada. Ainda quente. Ela ergue a cabeça para a carpideira.

— Tão cedo...? — pergunta, incerta. Carcará não está recuperado o suficiente.

— Ele vai precisar ser forte — Mãe responde. — É diferente dessa vez. Eu preciso escutar os segredos dessa alma a qualquer custo.

— Mas ele...

— Não diga nada a Carcará. Apenas faça com que ele engula. É o nosso futuro que está em jogo, você entende?

— Mas, Mãe...

— Você entende, criança?!

Suindara fecha a mão com força, apertando a carne quente da orelha, sentindo o cheiro do sangue.

— Eu entendo.

***

Dois homens estão sentados no alpendre espaçoso de uma casa de fazenda. Eles conversam na escuridão, iluminados apenas pelas pontas vermelhas dos cigarros acesos. Oficialmente, ainda estão em Serrita, embora a cidade propriamente dita esteja a muitos pastos de boi de distância.

— Mandei mais dois camaradas meus para ficar de olho no garimpo — um deles comenta, esfregando a

bota de aparência cara no tecido da calça. — Me preocupo que algum pé-rapado daqueles encontre coisa boa e prefira ficar de bico calado.

— Eles continuam comprando o material de mineração normalmente? — o outro pergunta, coçando o bigode branco.

— Sim. Comprando e alugando, sempre ao preço de uma fração do ouro que podem tirar dali.

O de bigode concorda com agrado, fazendo subir uma espiral de fumaça de tabaco.

— Então é questão de tempo — diz. — De um jeito ou de outro, vamos acabar sabendo quando descobrirem a jazida.

— Meu medo é um deles querer dar de esperto, tentar manter o negócio por conta própria.

— Nenhum garimpeiro tem recursos para explorar um morro inteiro, Antônio. E nem para proteger um. Eles sabem como a banda toca por aqui. Vão nos procurar, fique tranquilo.

O outro inspira como que para mostrar resignação. Então pergunta:

— E se um deles te procurar? Como você vai fazer para ter um pedaço da mina? Não sei se esses cabras pés-rapados entendem alguma coisa de contrato ou se vão querer dificultar as coisas.

O homem de bigode se engasga com a risada.

— E quem aqui falou em contrato, criatura? Parece até que não me conhece.

***

Carcará está convulsionando mais uma vez. Dois dias e duas noites se passaram, e ainda assim ele não consegue digerir a alma misteriosa que Mãe trouxe para casa. As coisas não progridem do jeito que deveriam.

Sob a luz trêmula das lamparinas penduradas na parede, Suindara o observa da cozinha com apreensão, mantendo a distância. Mãe está em sua cadeira de balanço, usando um xale em volta dos ombros e parecendo totalmente exausta. Suindara nota, talvez pela primeira vez na vida, que a carpideira não é mais tão forte e poderosa quanto costumava ser na época em que Suindara era apenas um filhote emplumado, desenvolvendo um corpo de gente sob a influência da bruxa.

Mãe e filha carregam círculos escuros sob os olhos. Ninguém ali dormiu mais do que um par de horas; contudo, ao contrário de Suindara, a carpideira soa mais impaciente do que preocupada com o falcão.

Carcará queima de febre. Ele segue vomitando, e há sangue saindo de seu nariz. Ele treme e transpira ao mesmo tempo, as penas úmidas exalando cheiro de doença. Suindara precisa virá-lo de lado para que não sufoque. Ela entende que ver Carcará sofrendo faz parte do trabalho. Mas nunca desse jeito. Nunca tanto assim.

Reter uma alma por tanto tempo é algo que cobra seu preço.

Ela olha para Mãe.

— De quem é essa alma? — pergunta. — Por que Carcará está tendo que lutar desse jeito?

— Um estrangeiro — responde a carpideira, de olhos fechados ainda em sua cadeira. — Alguém de fora de Serrita.

— Como ele morreu?

Lentamente, Mãe se ergue com dificuldade da cadeira de balanço, um vislumbre de dor em seu rosto. Ela se aproxima da quase coruja sentada à mesa da cozinha e coloca a mão em seu ombro.

— Sei que você está preocupada com seu irmão. Mas ele vai aguentar.

Suindara expira com força.

— Eu não sei, ele está parecendo...

— Ele vai aguentar — Mãe repete, interrompendo-a, e dessa vez sua voz soa menos como um consolo e mais como uma ameaça. Não interfira, é o que dizem as palavras, a mão firme apertando seu ombro.

Suindara tenta ocupar a cabeça. Varre a casa, alimenta as galinhas, vai se sentar no terreno dos fundos com o livro de orações de São Francisco a tiracolo. Começa a ler as letras desbotadas, mas os gemidos de Carcará são como aranhas subindo por sua pele, escalando braços e pernas. Suindara morde a língua e se força a continuar, mas a imagem do irmão sangrando pelo nariz está estampada em sua mente. Ela aperta a própria cabeça, as asas coladas ao corpo. Não há nada nas santas palavras de São Francisco que a alivie. Suindara não consegue mais pensar. Os mortos, as almas, os caixões, os gemidos, o dever. Imagens que rotacionam e que se misturam ao teto de telhas da casa.

Ela fica de pé num rompante. Mãe está recolhida em seu quartinho, deitada sobre o colchão abaixo de um quadro da Virgem Maria. Não dá para saber se está dormindo de verdade, então Suindara caminha pelo cimento com passos imperceptíveis e cuidadosos de coruja.

Aproxima-se de Carcará, ajoelha-se e puxa a cabeça do irmão para o próprio colo. Ele está mole e doente. Sentada no chão, Suindara o posiciona de forma a deixar o rosto dele para cima. Devagar, ela o força a abrir a boca, sentindo o cheiro podre de carniça que as gengivas exalam. Ela enfia os dedos lá dentro.

Carcará se engasga. Os olhos começam a se mexer frenéticos por baixo das pálpebras. Suindara precisa usar a força para segurá-lo no lugar enquanto o corpo dele espasma. O braço dela desliza pela garganta inflamada, muito mais espaçosa do que o exterior dele faz parecer. Calidez, umidade, saliva e entranhas a engolindo de forma impossível até o cotovelo. O hálito de seu irmão é de sangue e morte. Ela encontra a bolsa estufada do papo do falcão. Seus dedos procuram em volta, tateando, buscando, até que se fecham ao redor de algo sólido e pegajoso. Algo que a moela de carniceiro do irmão se recusa a deixar passar.

Suindara se sente mal apenas de tocar aquela coisa. Puxar a alma pela garganta de Carcará é um verdadeiro suplício. Tanto amargor em um único ser humano, ela nunca tinha visto nada parecido. A orelha meio digerida sai na mão dela, agora apenas um pedaço indistinto de carne mole. O corpo de Carcará relaxa de imediato. Com um asco súbito, Suindara larga a orelha e a deixa cair no piso de cimento com um grunhido.

É o suficiente para que Mãe abra os olhos e venha ver o que está acontecendo. A cena é desconcertante: a filha está no chão, o irmão no colo dela, a orelha abandonada. O braço de Suindara está coberto de muco. Não é preciso muito para somar dois mais dois. Os olhos da carpideira brilham de fúria.

— Sua idiota! — ela grita, avançando. — O que foi que você fez?!

O tapa chega sem nenhum aviso. Suindara pressiona a lateral do rosto, a bochecha antes pálida agora queimando rosada.

— Você interrompeu um ritual sagrado! Agora essa alma está condenada a vagar por aí, amaldiçoada a nunca descansar! Ah, criança pequena e estúpida! Eu precisava daquele segredo...

Suindara está em choque. Mãe nunca a havia batido antes. Ela é a filha boa, a filha dedicada, aquela que sempre obedece sem restrições. Punições são para Carcará, o filho mau. Carcará, o que nunca entende a importância de nada.

— Ele estava morrendo... — Suindara tenta explicar, tentando achar uma razão para não se sentir errada ou merecedora do ódio de Mãe.

— Então você devia ter deixado que ele morresse cumprindo sua missão! — A carpideira explode novamente. Depois, respirando fundo várias vezes, ela leva a mão até a testa. — É melhor a gente queimar logo essa coisa horrorosa antes que o espírito do falecido decida ficar por aqui e nos assombrar para sempre. Não que você não mereça, criança inconsequente...

Mãe pega a vassoura encostada ao lado dos tachos de ferro e se prepara para catar a gosma de carne. Porém, antes que ela consiga sequer encostar na orelha decepada, um vulto negro a eclipsa, fazendo tanto ela quanto Suindara pularem para trás.

Carcará estende as asas, seu corpo magro, tenso e arqueado como uma verdadeira ave de rapina. Ele recolhe a alma meio digerida com devoção, lentamente, e a segura junto ao peito como se portasse um tesouro.

— Não toque — ele grunhe. O ódio do homem morto transborda por suas pálpebras azuis e amarelas em forma de lágrimas peroladas. Carcará está protegendo aquela alma como um animal protegeria sua cria.

Mãe o desafia com um aceno impaciente da cabeça.

— Ninguém pode mais ajudar esse pobre coitado — ela diz. — Não há o que fazer.

O falcão inclina o rosto.

— Para você? Para toda essa babaquice de véu entre os mundos? É, realmente não tem o que fazer. Mas existem outros meios de apaziguar uma alma.

— Carcará, não... — Suindara ergue a mão para tentar tocá-lo, mas o irmão a repele com um olhar atravessado.

— Eu sei do que esse homem precisa — ele continua. — Dor e traição, surpresa e morte. Esse homem não quer descansar e esquecer. Ele não quer paz. Ele quer vingança.

— Você não pode fazer isso — diz a carpideira, seca. — Não é o seu papel, e você não pode ter contato com os humanos.

— Você não vai me impedir, velha. Eu faço o que quero.

— Nunca vou soltá-lo das correntes enquanto continuar agindo dessa maneira, menino. Você é meu filho. Pare com essa loucura. — Ela vira de lado. — Suindara, querida, cate essa coisa nojenta que seu irmão segura com tanto amor e traga para mim. Agora.

Suindara não tem tempo para decidir se quer obedecer ou não. Antes que se mova, um som horrível ecoa pelas paredes nuas da casa. Um som de ossos se partindo.

Carcará usa as garras dos membros livres para retalhar a perna presa. Ossos, músculos e tendões até que corrente e tornozelo estejam completamente separados. O sangue mancha o cimento. Penas escuras caem. Com o toco do pé decepado gotejando, o falcão chora de dor, mas sorri em desafio.

Pega de surpresa, Mãe fica pálida. Suindara tapa a boca com as mãos. Carcará nunca tinha ido tão longe em seu rastro de rebeldia. Suindara nunca tinha visto um bicho arrancar a própria pata. Com o estalar das asas um tanto enferrujadas, Carcará avança sobre as duas, empurrando-as no chão, e se joga através da porta. Em uma confusão de sangue e penas, ele deixa a casa.

Mãe está muda, apoiada nos cotovelos e respirando com dificuldade. Tudo fica imóvel. A luz das lamparinas está quase no fim agora, e a iluminação precária faz as silhuetas parecerem um tanto frágeis.

— Faça... faça algo... — a carpideira pede com a voz trêmula para a única filha que lhe restou.

***

Há muitas forças que vagam pela Terra. Chame-os como preferir. Espíritos, deuses, entidades, magia. Manifestações cujo propósito nos é desconhecido, mas que parecem primar por manter o equilíbrio entre as almas que chegam e as que abandonam este mundo. Alguns se apresentam de modo doce, em sonhos, inspirando e fortalecendo seus escolhidos. Outros preferem agir somente quando convocados. E há ainda os que gostam de fazer acordos.

Um certo dia, em uma certa cidade, uma menininha está morrendo. Não de doença, nem de feridas causadas por outras pessoas, mas sim de abandono. A pele colada aos ossos, os cabelos sujos caindo. Ela vaga aqui e ali, conseguindo água e comida quando dá de cara com a generosidade de alguém. Mas ninguém realmente a quer.

A estiagem está chegando, e, nos tempos em que aquela menina foi criança, aquilo ainda representava um desafio de vida ou morte no sertão. E é por isso que ele aparece para ela. Porque os melhores acordos são obtidos a partir dos desesperados.

Difícil dizer como ele se parece. É diferente para cada um. Mas ele está sempre em busca de representantes, de gente que execute o trabalho. É isso o que ele oferece para a menina.

— Uma existência, uma profissão. Com conhecimento e poder. Vai ser uma existência miserável, e algumas coisas com as quais você sonha agora você nunca vai ter. Mas uma existência miserável é melhor do que morrer numa vala, minha filha.

A criança aceita, é claro, primeiro porque não deseja morrer e segundo porque aquele homem parece alguém que vai lhe dar atenção.

Ela cresce e se desenvolve ao longo dos anos, sob a proteção dele, aprendendo e trabalhando. Aprende sobre os segredos do mundo e das pessoas, dos bichos e das ervas. Entende como a alma se agarra na carne e como pode ser tirada de lá. Aprende os ritos e as palavras.

Ele a presenteia com um véu bordado, negro como o quintal da noite, duas roseiras representadas de cada lado. A menina, que agora é mulher, é enviada para seu primeiro trabalho. Apesar de todo o estudo, não faz ideia de que a tarefa de carregar a dor dos outros é tão pesada. Ela quase morre. Quando se recupera, há um fio branco em seus cabelos de donzela. Finalmente entende o trato. Vive porque trabalha, e é o trabalho que vai matá-la um pouco a cada dia.

Ele nunca mais volta para vê-la. Ela não tem chance de argumentar, ou de alegar que era criança demais na época do trato. O acordo continua valendo e deve ser cumprido. Mas ele a criou forte, isso ninguém nega. Ela é forte.

***

Suindara encontra Carcará na beira do açude. É madrugada, mas não é difícil seguir a trilha de sangue que ele deixa pingar pelos espinhos da caatinga.

— Espero que você tenha trazido outra corrente — Carcará diz, ainda de costas, porque é claro que ele a percebeu chegar. — Vai ser o único jeito de me convencer a voltar naquela casa.

A coruja dourada dá de ombros.

— Deixa eu dar uma olhada na sua perna.

Quando Suindara se aproxima, fica óbvio que Carcará andou tentando acender uma fogueira, sem sucesso. Ela tem inúmeras coisas para dizer ao irmão, mas não se sente pronta para começar. Além disso, precisa ter cuidado para que ele baixe a guarda e não fuja novamente. Então ela faz o que foi forjada para fazer: ela cuida. Junta os gravetos, encontra as pedras certas, produz as faíscas. Faz ele lavar a perna ensanguentada no açude enquanto ela esquenta sua pequena faca nas chamas.

Carcará não grita quando a irmã cauteriza o membro amputado, mas o chiado da carne queimando berra por eles dois. A fumaça sobe da fogueira levando junto o cheiro da pele carbonizada. As chamas iluminam os olhos brilhantes e atentos de um rebanho de cabras que observa na outra margem.

— Obrigado... Eu acho... — ele diz, meio tonto de dor. Ele ainda aninha a orelha do homem morto como quem embala um bebê.

Suindara o encara, os dois sentados ao redor do fogo. Dentre mil maneiras de começar, ela escolhe uma esquisita.

— Eu acho que Mãe está errada.

O quase falcão parece surpreso.

— Quê?

— Eu não acho que você é uma má pessoa, Carcará.

Ele sustenta o olhar dela, em silêncio.

— Às vezes as coisas ficam realmente estranhas — ela continua. — Às vezes não sou capaz de enxergar essa linha exata e perfeita que Mãe desenha entre o que é certo e o que é errado. Entre Deus e o mundo.

— É porque não existe — ele responde.

Suindara não fala nada. Ela encara uma trilha de formigas que carregam um besouro morto através do barro bem ao lado de sua mão. O inseto não demora para sumir pela abertura do formigueiro, pronto para ser transformado em outra coisa.

— Aquele homem, assim como os outros, também estava atrás do ouro — Carcará começa, observando as águas calmas do açude. — Mas não era a pobreza ou a dívida que o assustava... Ele tinha medo de que alguém tirasse dele o que ele havia encontrado. O ouro.

— Está dizendo que ele encontrou a jazida? — A coruja ergue a cabeça para olhá-lo de frente, surpresa.

O irmão faz que sim.

— E você sabe onde ela fica?

— Sei. Um grande segredo, não acha? Mãe com certeza ganharia um bom dinheiro vendendo a informação...

As palavras dele fazem Suindara se sentir enjoada. Uma parte que costumava ser cálida e segura de seu universo é tomada pela dúvida. Carcará parece não notar a mudança no rosto da irmã, pois continua:

— O garimpeiro estava procurando formas de proteger a jazida de ouro antes de começar a exploração. Proteger a esposa e a filha. Documentos, apólices, coisas que ele não entendia muito bem e que eu entendo menos ainda. Você sabe o que é uma apólice?

— Não faço nem ideia.

Carcará ri.

— Pois é. Bem, ele compartilhou o segredo com alguém de confiança, e essa pessoa o traiu. É o motivo de toda aquela agonia. Já imaginou algo assim, Suindara? Um assassinato para não dividir uma montanha de ouro? Talvez os homens sejam gananciosos como você diz, no final das contas. Uma corrupção da própria alma.

Suindara fecha os olhos. Uma lágrima solitária corre por seu rosto e pinga na terra quente.

— E o que você pretende fazer sobre isso? — pergunta.

Pela primeira vez, o semblante desafiador de Carcará parece perdido sob a luz das chamas. Quase envergonhado.

— Não sei o que fazer, para ser honesto. Talvez Mãe esteja certa. Compreendo um monte sobre o interior dos homens, mas quase nada sobre o mundo em que eles vivem. Eu preciso vingar a alma desse garimpeiro, isso é certo, mas não sei por onde começar. Na verdade... Eu estava esperando que talvez você pudesse me ajudar.

— Eu?

— Você conhece o mundo... — Ele dá de ombros, sem jeito. — Você observa as pessoas por aí, pessoas de verdade, que respiram e tudo mais. Menti para você, Suindara, talvez porque eu quisesse ver você chateada. Por inveja. Mas, em alguns aspectos, você sabe muito mais do que eu.

— Mãe está errada — Suindara repete depressa em um fôlego aflito. Ali, sentada junto à fogueira com o irmão, ela sente a ardência de uma decisão irreparável correr pelo corpo. Sua garganta fica seca. Depois que ela falar, não haverá mais volta. — Você... Você não sabe de tudo o que aconteceu nos últimos dias...

Ele estranha.

— Como assim?

Íris amarelas encontram pupilas tão escuras quanto o infinito das estrelas. Vínculos forjados pelos anos, pela infância, pela dor. Risadas no telhado. Uma força implacável arrasta Suindara, e a ligação com Carcará finalmente ressoa em definitivo dentro dela, levando-a a decidir de que lado reside sua lealdade. Levando-a a decidir que ambos são feitos da mesma coisa. Ela tenta falar com calma e clareza, mas suas mãos estão tremendo.

— Acredito que o garimpeiro tenha procurado Mãe pedindo ajuda. Acredito que ela estava com ele no momento de sua morte. E sei, com muita certeza, que ela estava desesperada para arrancar seus segredos. Não houve nenhum funeral em Serrita.

O jeito como a silhueta de Carcará se apruma no ar da madrugada deixa claro que ele compreendeu as implicações do que ela disse. Suindara ergue o queixo para o irmão. Pronto, está feito.

***

A mulher se arrasta por entre a vegetação banhada pelos primeiros raios de sol do dia. Ela está cansada, dolorida e fraca, mas passou tempo demais se preparando para desistir agora. Foram meses planejando, mapeando a serra. Mais não sei quantos dias para conseguir os livros e as informações certas. Outras tantas estações esperando pela coincidência ideal. Se obtivesse êxito em sua busca, a vida melhoraria um bocado. E caso não obtivesse... Bem, sua vida atual já era dura o bastante para ela sentir diferença.

Ela chega a um afloramento de rochas no alto de um dos morros. As pedras cobertas de líquen deitam-se umas sobre as outras, formando pequenas grutas e reentrâncias. A mulher começa a escalar com cuidado, tanto para não fazer barulho quanto para não escorregar. Felizmente, ela já decorou o caminho pelas pedras em seus próprios ossos.

Alguns morcegos reclamam quando ela passa por suas tocas, gritinhos finos e indignados. A mulher os ignora e continua avançando até chegar ao pico. Ainda agachada, olha lá para baixo. Deve estar a uns bons quinze metros do chão. Inveja os lagartos, tão bem grudados na pedra durante seu banho de sol. Esses não caem nunca.

Ela dá a volta pelo topo das pedras e encontra uma das coisas que estava procurando. Num vão meio fedido da pedra, forrado por penas macias, encontra-se um ninho com quatro ovos sujos e mariscados. A mulher agradece mentalmente por eles ainda não terem eclodido e pelos pais ainda não terem retornado da vigília noturna. A sorte é uma coisa rara na vida dela. A mulher escolhe ao acaso um dos ovos e o coloca na bolsa que traz presa à cintura.

O cume do afloramento de rochas também traz uma pequena depressão em seu centro, da qual brota uma árvore raquítica. É um daqueles milagres inexplicáveis do agreste: ninguém sabe muito bem como aquela semente foi parar lá, ou por que aquele vegetal tão mirrado insiste em crescer em seu espaço limitado, mas... a árvore está lá. Os galhos espinhosos são uma ótima proteção para outro ninho, esse um tantinho mais caprichado que o anterior.

A mulher coloca o pé no primeiro nó da árvore e pega impulso para subir. O tronco todo balança. Uma cabeça colorida a espia lá de cima. A fêmea de carcará está em pleno choco e não gosta de intrusos.

A mulher bate palmas com força e assovia alto para assustar a ave. Funciona. A ave carniceira abandona o ninho com um piado lúgubre, indo se empoleirar um pouco mais acima, vigiando.

— Não vou levar todos, abestada — murmura a mulher, o suor brotando na testa, fazendo força para se equilibrar nos galhos da árvore. Os espinhos arranham seus braços.

Ela encontra três ovos dessa vez, envoltos no mesmo cheiro insuportável de galinheiro. Escolhe novamente ao acaso, e, novamente, o ovinho sarapintado vai parar na bolsa em sua cintura.

A mulher sorri, satisfeita. A pior parte, a parte que dependia da sorte, está feita. Agora é só voltar para casa.

Mais tarde, já na calada da noite, a mulher prepara o ritual conforme havia aprendido. Os dois ovos encontram-se em cima da mesa da cozinha, lado a lado, um ligeiramente maior que o outro. Eles eclodem em sincronia ao soar da meia-noite. A mulher gruda o rosto ao tampo da mesa para observar mais de perto. São duas coisinhas feias que emergem lá de dentro, moles e sem apoio. Pernas compridas e peladas, cotocos rosados que um dia virariam asas, olhos fechados sob pálpebras transparentes. Mas, para a mulher, eles são tudo o que ela esperaria encontrar em sonhos.

— Meus filhos, meus filhos… — ela cantarola, aninhando as duas criaturinhas no decote do vestido para que fiquem aquecidas. Depois, usando a ponta de uma navalha decorada, ela rasga o próprio dedo e os alimenta com sangue enquanto os dois chilreiam. — Cresçam, cresçam fortes e depressa. Temos muito o que fazer!

***

Mãe está andando de um lado para o outro no terraço da casa. Suindara está demorando demais. Ela decide esperá-los no quintal lá fora, precisa de ar. Antes de ir, esconde a navalha no vestido e posiciona o véu por cima dos cabelos cinzentos. O véu é um amigo de longa data, e ela não se sente mais completa sem ele. É uma peça crucial da personagem que ela foi forçada a criar por anos a fio.

Não demora muito mais para que ela os veja sob a luz do alvorecer. Seus filhos. À distância, emoldurado pelo sol nascente e pelos galhos da caatinga, Carcará parece um mensageiro do próprio Inferno vindo puni-la por seus crimes. Apenas a terra seca será sua testemunha. A carpideira lembra de outro alvorecer, muitos anos atrás, e de um afloramento de rochas na serra. Não há arrependimentos no coração de Mãe. Apenas a obstinada vontade de permanecer vivendo, como sempre. Mas ela está cada dia mais cansada.

— O filho pródigo retorna ao lar — ela zomba. — Dizem que são os filhos mais preciosos...

Em um piscar de olhos, Carcará está em cima dela, a mão firme ao redor de seu pescoço, as asas abertas compensando o equilíbrio do tornozelo que falta.

— Diga a verdade, bruxa. Foi você quem matou o garimpeiro, não foi?

A carpideira oferece um olhar confuso para Suindara, mas a coruja não interfere. Algumas feridas precisam sangrar um pouco antes da cura.

Carcará aperta Mãe com ainda mais força.

— Não achei que você fosse tão terrível. Por quê? Assassinato por dinheiro?

A carpideira revira os olhos e tenta se livrar dos dedos do filho. Para variar, Carcará entende tudo errado. Sempre errado. Ela está cansada de tudo. Deles. Está cansada demais até para inventar uma história.

— Não foi por dinheiro, idiota — prefere dizer, porque pelo menos sua motivação ela faz questão de deixar às claras. — Foi pelo que o dinheiro pode trazer. Eu dediquei minha vida inteira à Serrita. Cada pedaço. Mas estou ficando velha. Quem vai cuidar de mim depois que vocês finalmente baterem as asas e ganharem o mundo? Depois que decidirem me deixar. Você? — Ela empurra a testa do filho com o dedo, fazendo-o crispar de ódio. Não importa o quanto o tenha ensinado através dos anos, ele nunca aprende. Nunca se parece com ela.

O falcão lhe solta o pescoço. A carpideira aproveita para fazê-lo escutar. Se Carcará acha que é o único naquela família com coisas entaladas na garganta, então está muito enganado.

— Tudo que eu fiz… Estou apenas cobrando um pequeno pagamento depois de tantos anos de serviço. Você acha que isso é um pecado, meu filho?

— Você matou um homem inocente só porque a sorte dele era melhor que a sua.

— Inocente? — A carpideira ergue as sobrancelhas. — Como pode dizer isso? Não existem homens inocentes por aqui, criança. Os humanos comuns não apreciam o trabalho que fazemos por eles.

— Você me acorrentou a uma parede por causa deles!

Mãe respira fundo, o rosto ficando vermelho por debaixo do véu que balança no vento.

— Eu queria saber como é que você consegue amar esses humanos todos que digere e, ao mesmo tempo, não ter pena nenhuma de mim. Não aceitar que eu também tenha falhas. Desculpe, Carcará, mas as pessoas daqui não nos apreciam nem são merecedoras da piedade do véu dos mundos. Estou cansada. — O queixo dela treme. — Venha comigo, garoto, vamos arrancar essa porcaria de ouro da terra e começar vida nova em algum outro lugar. Sem mais correntes, sem mais funerais para colocar comida na mesa...

— Não tente me subornar, carpideira. Não estou morto, nem enlutado. Suas magias não têm efeito em mim.

Os dois se encaram. Suindara, que até então se obriga a apenas assistir, sente que o coração está se partindo em um milhão de pedaços. A coruja está dilacerada, dividida entre a mãe que ama e o irmão com quem compartilha um destino.

Mãe parece ficar ainda mais cansada. Ela apoia as mãos nos joelhos e se inclina para frente buscando respirar melhor.

— Chega de tudo isso, você venceu — ela diz. — Fale onde o ouro está e vou embora da sua vida. Para sempre.

Para horror de Suindara, o que Carcará faz é rir. Uma gargalhada solitária de puro rancor.

— Você roubou a minha vida. A vida de Suindara. Você nos manipulou esses anos todos.

— Eu criei vocês dois. Sou sua mãe!

— Você é o meu carrasco.

A frase flutua no ar, criando um silêncio desconfortável entre os três. Um galo canta nos fundos da casa. A voz de Mãe chega tão fria quanto a madrugada:

— Preciso do segredo mesmo assim, garoto.

— Não. Esse homem vai ser vingado. *Eu* vou ser vingado.

A carpideira está perdendo a pouca paciência que lhe resta. Ela está tão furiosa quanto ele, o rosto contraído. Os olhos são os mesmos, a teimosia também.

— Quem você pensa que é? Um homem santo? Você é um maldito de um mal-agradecido, isso sim! — Mãe cospe na terra e o amaldiçoa. — Tudo o que você é, fui eu que fiz. Você quer voltar a ser um urubuzinho? Um passarinho de uma perna só? Ótimo. Eu devia ter torcido o seu pescoço assim que saiu do ovo. — Ela puxa a navalha do vestido.

Mãe agarra Carcará pela articulação da asa, as unhas amassando as penas pretas com violência. O falcão ainda está fraco pelo pé decepado e, pego assim de surpresa, não consegue reagir a tempo. A asa livre tenta compensar o puxão, mas seu corpo acaba girando, deixando-o à mercê da carpideira.

— Eu já fazia isso muito antes de você nascer! — grita a mulher. Ela tem mais força do que ele jamais teria imaginado. — Posso tirar o segredo de você depois que estiver morto.

Eles rodam em uma dança violenta. Uma das mãos de Carcará segura o punho da carpideira, que segura a arma. Ele tenta atingi-la com as garras para se libertar, levantando poeira, mas está fraco, machucado e desacostumado a ter uma perna só.

De alguma forma, a carpideira consegue dobrar a asa para trás, fazendo Carcará urrar. Ela o prende sob o joelho, o rosto dele grudado no chão. Puxa seu cabelo escuro para trás, deixando a garganta exposta, os olhos injetados e vermelhos. A navalha se move.

Suindara age primeiro. Em um segundo, suas garras abraçam Mãe por inteiro, puxando-a para longe do falcão. A coruja sente a carne cedendo sob a pressão de cada unha, o peso sendo erguido por poderosas asas douradas que não fazem barulho.

O olhar de Mãe é um misto de desapontamento e admiração. Suindara é como uma aparição, uma predadora, uma bruxa, uma virgem santa. Mas é também sua filha. A traição estampada no rosto de Mãe é a última coisa que Suindara registra antes de a luz nos olhos da carpideira se apagar e as duas caírem na poeira.

Há uma lágrima escorrendo pela bochecha inerte de Mãe.

A voz da coruja é só um fiapo.

— Não era... Não era o que eu queria fazer... Eu só...

Carcará precisa se arrastar pelo chão e segurar Suindara pelo tronco. A irmã treme, os olhos vidrados e a boca entreaberta de puro terror.

— Você só estava me protegendo... — ele murmura, mas mesmo Carcará se sente perdido ao encarar o cadáver de Mãe.

O sangue dela começa a se espalhar pela terra, formando trilhas bifurcadas como raízes. As manchas úmidas cheiram a minério, a pecado e destino.

— Eu matei a nossa mãe... — Suindara está horrorizada. A medalha de São Francisco pende do pescoço da carpideira, manchada de vermelho. Suindara começa a duvidar sobre seu propósito no mundo. Sobre quem ela é. — Deus nunca vai me perdoar. N-não foi para isso que eu fui criada... Eu sou um monstro. Um monstro.

Carcará a abraça, esconde o rosto dela entre as próprias penas e a escuta chorar, ele mesmo uma confusão de sentimentos.

— Não diga isso. A morte nunca está muito distante de aves de rapina como eu e você.

***

A carpideira está no terraço, bordando em sua cadeira de balanço. Aos seus pés, os pequenos brincam. As risadas enchem a casa que antes era vazia. Suas travessuras e brigas tornam o dia da mulher mais interessante.

Às vezes, ela precisava parar e olhá-los, abismada. O ritual não falava sobre isso. Sobre como o corpinho deles se modificaria com o sangue dela, como suas mentes afiadas se desenvolveriam a cada minuto. Ou aquele sentimento estranho que invadia o peito dela de vez em quando, quente e... feliz? Ela estava ficando apegada aos pequeninos, apegada de um jeito que não seria nada bom para os negócios.

Sua intenção sempre fora usá-los. Catalisar suas energias de ave para que fizessem o trabalho por ela. Talvez morressem no processo, mas sobreviveriam o suficiente para que ela desse um jeito na própria vida e arrumasse um modo de fugir do acordo. E então os abandonaria. Afinal, eram apenas aves, certo?

Só que não eram.

A carpideira enxerga nuvens de poeira ao longe na estrada. Alguém está vindo consultar seus serviços. Rapidamente, ela se ergue e coloca as crianças para dentro. Ela, que já foi órfã e conhece o abandono, não quer nem pensar no que aconteceria com as crianças se alguém os descobrisse. A ideia de deixá-los para trás algum dia causa tanta dor quanto a perspectiva de continuar naquela vida. Sem que perceba, um novo plano começa a se formar em sua mente. Talvez possam ficar juntos, afinal, ou talvez ela possa ensiná-los para que um dia saibam viver bem sem ela. Poderiam formar uma família. A palavra soa estranha mesmo em seus pensamentos. Os olhos marejam. Primeiro, ela precisa colocá-los para dentro.

A corujinha vem fácil para seu colo, carinhosa, doce e obediente. É o outro que dá trabalho.

— Carcará, entre de uma vez! — Ela puxa o garoto, que se agarra a uma das traves do terraço e bate as asinhas magras para lutar contra ela. — Vai chegar alguém!

— Não quero!

— Mas você vai obedecer!

Por fim consegue arrancá-lo. Coloca os dois lado a lado no chão da sala. O menorzinho faz uma careta, os braços cruzados.

— Não quero obedecer. Você não é minha mãe de verdade!

A carpideira ordena de novo que fiquem calados e fecha a porta atrás de si. Na estrada, ela consegue ver o padre de batina chegando em sua montaria. Decerto outro velório.

— Não sou sua mãe de verdade — ela murmura para si mesma enquanto espera. — Mas você é meu filho.

***

Em outro ipê florido, em outra colina longe da estrada, duas silhuetas se empoleiram lado a lado. São como duas forças opostas em perfeito equilíbrio.

Suindara realizou os rituais por conta própria, sozinha. Sentiu que deveria. Ela enterrou Mãe e consumiu sua carne. Conheceu seus segredos, sofreu suas angústias e aprendeu seus poderes. Colocou a medalha de São Francisco no pescoço. Fez seu voto. Ela é a nova bruxa, a Rasga-Mortalha. Na mão direita, traz a alma purificada da carpideira, livre de sofrimento. Sobrou tão pouco de Mãe após todos aqueles anos de labuta e doação que a alma dela não chega nem a encher sua palma.

Carcará está à esquerda dela, de pé na única perna. Ele está mais forte e mais altivo agora, e suas penas ficaram mais lustrosas. Ele carrega a alma do garimpeiro nos braços. A etérea figura de contornos humanos abraça o pescoço do falcão como uma criança encarquilhada com feições de adulto. Carcará acarinha as costas da alma com uma mão.

— Vejo que você ainda está cuidando dela — o quase falcão comenta. — Não sei se ela merece a sua simpatia.

Mas Suindara, que agora sabe um monte de coisas e entende ainda mais, sente pena do irmão que não consegue enxergar o todo.

Carcará não sabe sobre a menina. Sobre o acordo. Ele não sabe sobre a moça que, sob o véu de uma profissão proscrita, nunca casou ou teve amigos. A mulher que era sozinha e que fazia tudo sozinha. A mulher que não recebia nada em troca, mas que dava um pouco de si a cada alma que ajudava. Ninguém nunca perguntou por que carpideiras sempre parecem tão velhas? Carcará não enxerga o afeto torto disfarçado na culpa e no ressentimento.

Mãe não era pura como os santos para quem ela rezava. Mas Mãe nunca poderia ser explicada em poucas palavras simples.

— Entre nós dois, você é o mais parecido com ela — Suindara diz. — Você a teria entendido como ninguém, Carcará. Ela o amou. De uma certa maneira.

Ele não parece contente em ouvir a comparação. Ainda assim, o falcão usa uma das asas para envolver a irmã.

— E eu amei você, Suindara. Desde sempre. De uma certa maneira.

A coruja vira o rosto para ele.

— Sinto muito por tudo o que nos aconteceu.

Eles gastam um momento para respirar. Na linha do horizonte, Serrita é apenas um punhado de pontinhos coloridos.

— É aqui que nos separamos? — Suindara pergunta. Carcará confirma com um suspiro.

— Temos trabalho a fazer, certo? E não acho que você vai aprovar os meus métodos...

A coruja sorri. Seus cabelos dourados dançam no vento.

— Você sabe que queremos as mesmas coisas, Carcará. Mas acho que já vi sangue demais em minhas mãos.

— Muito bem. — Ele também sorri. — Só posso prometer fazer o melhor segundo meu próprio julgamento.

Suindara balança a cabeça em negativa.

— Sem mais promessas — ela diz. Depois, aponta a cidade distante com o queixo. — Para eles, meu plano é levar conforto e compreensão.

— Para eles, liberdade e justiça — ele responde.

Dois pares de asas se desenrolam. Anjo e demônio tomam caminhos separados. Abaixo deles, o ouro de Serrita permanece sem dono.

PALAVRA CERTA

Há muitos jeitos de invocar os irmãos mágicos de Serrita.
Qual deles, no entanto, é questão de momento. De vocabulário.

Suindara vem nos beijos de arrancar o fôlego, no arquejo entre os longos abraços, no prazer do êxtase.
Carcará está no gozo, nos dedos molhados de cuspe, no instante de perda e pânico entre a separação de dois corpos.
Suindara é anseio de apertar o peito.
Carcará é desejo de doer na alma.

Suindara voa porque o céu a chama.
Carcará, porque a terra é pouco.
As asas dela são lâminas para conquistar a escuridão.
Quando ela bate as asas, tudo é possível.
As asas dele são o manto da noite para cobrir as feridas.
Quando ele bate as asas, nada importa.

Suindara vem quando se recebe um filho.
Carcará, quando se deixa ele partir.
Suindara está no sal dos reencontros.
Carcará está no amargor da saudade.

Suindara é queda, Carcará é despencar.
Quando ela cai, afunda em culpa.
Quando ele despenca, se afoga em dor.
Ambos se levantam, porém.
Às vezes, é um que levanta o outro.

Suindara ataca de frente, predadora.
Carcará consome as beiradas, oportunista.
Nessa vida, é preciso saber fazer os dois.

Suindara vem em miragem, Carcará chega em delírio.
Ela é a fruta que cai do pé, o barulho do mar, o
estalar do vento nas árvores.
Ele é o calor das febres, o ardido na língua, o
gafanhoto que engole a plantação.
Suindara é inevitável no que decide.
Carcará é implacável no que escolhe.

Suindara age. Carcará luta.
Agir é um impulso.
Lutar é teimosia.
Quando Suindara está com raiva, ela grita.
Quando Carcará está com raiva, ele berra.
O grito de Suindara reverbera nos ossos.
O berro de Carcará faz tremer o chão.

Diante dela, todo mundo se apequena.
Diante dele, qualquer um se encolhe.

Suindara ama com entrega, pois entende a força do conjunto.
Carcará ama com força, pois aprecia o indivíduo.
Suindara está em muitos.
Carcará é sempre único.

Suindara é chance, Carcará é aposta.
Na vitória dela, as coisas vivas dançam.
Na vitória dele, os mortos entoam sorrisos vermelhos.
Não é preciso ter fé para chamar Carcará.
Não é preciso ter ódio para encontrar Suindara.
A justiça dela conquista, adormece e faz brotar.
A justiça dele pega, mata e come.

Suindara é caule, Carcará é seiva.
Suindara é folha, Carcará é raiz.
Ambos crescendo em direções opostas.

Suindara entrega a quem precisa porque sonha com abundância.
Carcará oferece a quem deseja porque sabe o que é ter pouco.

Ela consola porque esperança é mercadoria cara.
Ele protege porque não aceita temer de novo.
Você não pede a um, pede sempre aos dois.
Mas é só um que responde.
A Suindara, peça colo e acolhida.
A Carcará, peça por socorro.

POSFÁCIO

A AMBIVALÊNCIA DA BRUXARIA DE FERNANDA CASTRO

Carol Chiovatto

Desde o princípio os homens usavam Deus para justificar o injustificável. Ele age de formas misteriosas, dizem os homens. Pouco surpreende, então, que as mulheres tenham se voltado para mim.
(Salman Rushdie, *Versos Satânicos*)

O ano era 2020, e a editora Dame Blanche, dedicada a obras em versão digital, anunciou a novela de estreia de uma autora que eu já conhecia graças às redes sociais, mas que ainda não havia tido o prazer de ler. Amei tanto a capa quanto o título, fiquei intrigada com a sinopse. Assim que saiu, devorei essa obra que, graças à Arte & Letra, agora você tem em mãos.

Ficou claro para mim, desde então, que eu tinha acabado de conhecer a bela prosa de um dos futuros grandes nomes do fantástico brasileiro ultracontemporâneo, o que os últimos cinco anos e as demais obras de Fernanda Castro têm provado verdadeiro.

Na época, no entanto, eu só previa isso enquanto leitora e crítica literária. Estava bem no meio de meu doutorado sobre a bruxa enquanto estereótipo do feminino transgressor, realizado na Universidade de São Paulo com bolsa da FAPESP, e a leitura de *Lágrimas de Carne* ilustrou de maneira brilhante algo que a pesquisa acadêmica já sinalizava: a existência de muitas contradições na representação dessa figura. Não à toa, comecei logo a apresentar análises do livro em congressos e a planejar os artigos que escreveria a respeito.

Como construir uma personagem dotada de um poder estrondoso e, ao mesmo tempo, tão vulnerável? A resposta de Fernanda, Mãe, é uma criatura tão humana que seria possível esbarrar nela por aí, se pudéssemos visitar a versão fictícia da cidade de Serrita.

A ambivalência entre poder e vulnerabilidade na figura da bruxa nasceu e se desenvolveu a partir de processos criminais reais, envolvendo pessoas que de fato existiram. Contudo, ela se fortalece e continua ressoando através das artes mesmo após séculos de a maioria das populações — ao menos, as responsáveis pelo imaginário dominante no Ocidente — terem abandonado a crença em bruxas e nas habilidades do Diabo de interferir fisicamente no plano material.

Isso deve em muito ao fato de a bruxa suscitar, desde sempre, horror e fascínio (em doses variadas, a depender da cultura na qual se insere) e estas serem duas importantes ferramentas nas artes, em especialmente naquelas destinadas ao entretenimento. É o que se depreende das obras de séculos que sobreviveram até nossos dias e das que estão sendo produzidas hoje, na contemporaneidade.

Entre o final do século XIX e início do XX, a bruxa ganhou inúmeras possibilidades: monstro vilanesco, monstro incompreendido, vítima inocente de uma sociedade que a vilaniza, vítima da libido de homens poderosos, médica não estudada dos pobres e aflitos, anti-heroína, heroína contrária ao patriarcado, ícone feminista. Todos estes de alguma forma procuram alguma característica daquelas mulheres reais para celebrar, acentuando-a e minimizando outras, descontextualizando-as ou ressignificando-as em nome de um propósito narrativo que é também ideológico, projetando nelas e em seu tempo anseios, reflexões ou crenças quase sempre anacrônicos.

Poucos artistas dedicam-se ao aspecto mais humano dessa bruxa, ou seja, ao fato de que a dicotomia, a ambivalência, a dualidade, é insolúvel *porque* é indissolúvel da humanidade.

Em *Lágrimas de Carne,* Fernanda explorou isso como tema central.

Mãe não é, a princípio, descrita como bruxa. Ao longo de toda a obra, na verdade, o termo ocorre apenas cinco vezes, sendo as duas últimas aplicadas a Suindara, que passa a entender a si mesma assim — primeiro, a partir de como a população a entende, depois, já ao final, ao assumir o lugar da Mãe.

Nas outras três ocorrências do termo, este se refere a Mãe. Em duas delas, incluindo a primeira, ela é assim tachada por Carcará, o "filho rebelde", e a palavra tem o viés de insulto. Quando o narrador, do ponto de vista de Suindara, emprega o termo, ele o faz de modo neutro, como um epíteto de profissão, tanto quanto "carpideira" o é.

Ainda assim, não há por que duvidar que a carpideira, Mãe, é mesmo uma bruxa: ela manipula magia, profana cadáveres (por razões ora nobres, ora nem tanto), faz amuletos e outros pequenos sortilégios, ritualísticos ou não, alguns envolvendo sangue, e estabeleceu um pacto com uma entidade não nomeada, que veio até ela na infância e dotou-a de seus dons e sua profissão em troca de sua vida.

Todo o percurso de Mãe em muito se remete ao estereótipo da bruxa. Ela foi uma criança em situação de extrema penúria, vive isolada da cidade, é uma idosa rechaçada pela comunidade que a busca e necessita de seus serviços. Suindara ignora, mas não o narrador ao apontar "[...] os olhares de lado, as críticas sussurradas, as crianças que são afastadas pelo ombro para que fiquem um passinho mais distantes da mulher de preto".

Mas, além disso, a opção de Fernanda por apresentá-la pelo viés da maternidade mostra ao leitor um ponto essencial de seu percurso. Ela é mãe enquanto potência criadora e atua também no papel temático da mãe-má, que quis o cristianismo converter em madrasta nos contos de fada.

Não, essa bruxa-carpideira é *Mãe,* e criou seus filhos — tanto no sentido de trazê-los à existência quanto no de educá-los — para a ajudarem em seu trabalho ingrato e o continuarem, quando ela não mais pudesse fazer isso, além de conseguirem as informações de que ela precisa para escapar da pobreza perene. Se pensarmos bem, ela é uma mulher imperfeita que impõe seus anseios e receios sobre os filhos, não diferente de tantas e tantas mães, a quem a própria humanidade é apontada como falha moral.

E, embora eu seja pesquisadora da figura da bruxa, confesso ter me sentido muito parcial ao Carcará na leitura e nas muitas releituras. Por que nos sentimos atraídos por quem foge do destino que lhe impuseram, se rebela, reage com raiva e busca destruir toda a ordem que sempre conheceu? Talvez seja uma fantasia de poder de quem sente viver em condições análogas, mesmo se não tão extremas. Talvez seja apenas o charme da desobediência.

Seja como for, por mais que eu torcesse pelo Carcará, acho que sou (somos?) mais Suindara. Apesar de usada e traída, ainda sobra empatia pela pessoa tóxica que amamos, a quem sentimos dever muito de quem somos. E discernimento para enxergar a importância de continuar um trabalho vital, por mais ingrato que seja.

Conheci mais gente parcial ao Carcará, e tenho a teoria de que ele é quem gostaríamos de ser, enquanto a Suindara é quem de fato somos. Ou de quem mais nos aproximamos. Mas não duvido que ele habite nossos recônditos e emerja de vez em quando. Afinal, o que Fernanda trabalhou neste livro impecável, para além de personagens carismáticas e imperfeitas, cada uma a seu modo, é a eterna ambivalência da condição humana.

Carol Chiovatto é escritora, tradutora e doutora em Letras – Estudos Linguísticos e Literários em Inglês (USP/FAPESP), além de mestranda em Estudos Lusófonos da Universidade Sorbonne Nouvelle. Seu romance de estreia, a fantasia urbana *Porém bruxa* (AVEC, 2019) recebeu o Prêmio Odisseia de Literatura Fantástica 2020 na categoria História Longa de Fantasia e recebeu reedição com conteúdo extra pela Suma (2023), selo de literatura fantástica do grupo Companhia das Letras, que também publicou sua fantasia urbana *Árvore Inexplicável* (2022). Sua novela de ficção científica *Senciente nível 5* (AVEC, 2020) foi finalista do Prêmio Jabuti 2021 na categoria Romance de Entretenimento.

AGRADECIMENTOS E NOTA DA AUTORA

Na primeira versão dos agradecimentos deste livro, em 2020 e ainda na edição da Dame Blanche, falei que a escrita é uma atividade solitária só enquanto se coloca uma letrinha na frente da outra, e que o ato de digitar não passa de uma humilde fração do que compõe a existência de um livro. Anos depois, caminhadas depois, continuo acreditando que isso seja verdade.

Agradeço a Felipe Castilho e a Thiago Tizzot por terem acolhido Suindara e Carcará debaixo de suas asas com tamanha empolgação. O projeto que vocês estão construindo juntos e que tenho a honra de dar o pontapé inicial é mais que bonito: é importante. A Letícia Vieira pela linda ilustração e a Frede Tizzot pela capa e projeto gráfico do livro.

Agradeço a Anna Martino, da Dame Blanche, por ter acreditado primeiro e por ter acreditado sempre. E a Dante Luiz, Sol Coelho e André Caniato por terem feito da edição de estreia de *Lágrimas* a coisa linda que ela é.

Agradeço à Agência Magh pela parceria em mais um filho que sai do ninho (como eles crescem depressa...) e aos meus amigos e familiares próximos por me aguentarem nos piores dias. Por entenderem mesmo quando eu não falo.

Agradeço a todos que leram e que, de alguma forma, se conectaram com a figura destes dois irmãos tão diferentes e tão parecidos e com os laços de amor e mágoa que formam esta família.

A jornada de Suindara e Carcará criou asas, alcançou leitores em todas as regiões do país, venceu como melhor narrativa curta de fantasia no Prêmio Odisseia e tem sido fonte de alegria e oportunidades valiosas para mim desde então.

Não sei se você conhece a história que se esconde por trás do livro. *Lágrimas de Carne* surgiu na verdade como um conto, intitulado "The twin birds of day and night", um experimento para a mentoria da *SFWA — Science Fiction Writers of America,* uma iniciativa gratuita que aproxima autores veteranos e iniciantes. Incentivada por Jana Bianchi (a quem devo muito), me inscrevi no programa de 2019 e tive como mentora a Kerstin Hall, autora talentosíssima de fantasia da África do Sul. Como o programa da SFWA era voltado para o mercado anglófono, muitas de nossas conversas giravam em torno de como apresentar nossa cultura para uma audiência predominantemente europeia/norte-americana sem com isso exotizar nossas vivências ou produzir milhões de notas de rodapé. E um dos meus exercícios na mentoria foi justamente escrever uma história "que só eu entenderia", em um terreno familiar, sem explicar o que estava acontecendo.

O resultado você tem em mãos agora. Embora o texto tenha sido expandido na época em que a editora Dame Blanche anunciou estar recebendo originais, sendo transformado em noveleta, *Lágrimas de Carne* manteve na essência seu realismo mágico, as famílias pesadas, os amores tortos, o cenário das minhas férias de criança. De todos os meus escritos, *Lágrimas* talvez seja aquele mais íntimo e mais dolorido. Minha avó Cira (cujo nome aparece em uma das páginas deste livro, não por acaso) morreu aos 99 anos, dias depois de eu ter a confirmação de que esta história seria republicada. Ela não foi uma boa avó, mas foi a pedra angular de duas gerações inteiras. Há muito dela aqui. Nas entrelinhas, no que não foi escrito. Assim como Mãe, Cira jamais poderia ser explicada em poucas palavras simples. E eu nem ousaria tentar.

SOBRE FERNANDA CASTRO

Fernanda Castro é escritora, tradutora e preparadora de textos, já tendo atuado também como editora na antiga Revista Mafagafo. Ela mora em Recife com o marido, uma calopsita e três porquinhas-da-índia. Além de vários trabalhos em ficção curta tanto no mercado nacional quanto anglófono (incluindo as revistas The Dark e Strange Horizons), publicou os romances *O fantasma de Cora* (Gutenberg) e, mais recentemente, *Mariposa vermelha* (Suma). Mas dizem as más línguas dos passarinhos que foi com *Lágrimas de carne* que tudo isso realmente começou.

Este livro foi produzido no Laboratório Gráfico
Arte & Letra, com impressão em risografia,
serigrafia e encadernação manual.